宁夏诗歌学会丛书

青鱼点灯

西野 著

大雨之夜，回乡的花朵
照亮了人间的路途，倦游者
像一根孤单的银针一样
穿过破碎而暗淡的城堡
少女坐在灯上
坐在他生锈的心上

黄河出版传媒集团
宁夏人民出版社

图书在版编目（CIP）数据

青鱼点灯 / 西野著. —银川：宁夏人民出版社，2016.9
（宁夏诗歌学会丛书 / 杨梓主编）
ISBN 978-7-227-06430-5

Ⅰ.①青… Ⅱ.①西… Ⅲ.①诗集—中国—当代 Ⅳ.①I227

中国版本图书馆CIP数据核字（2016）第224804号

青鱼点灯　　西　野　著

责任编辑　陈　晶
封面设计　伊　青
责任印制　肖　艳

黄河出版传媒集团
宁夏人民出版社 出版发行

出 版 人　王杨宝
地　　址　宁夏银川市北京东路139号出版大厦（750001）
网　　址　http://www.nxpph.com　http://www.yrpubm.com
网上书店　http://shop126547358.taobao.com　http://www.hh-book.com
电子信箱　nxrmcbs@126.com　renminshe@yrpubm.com
邮购电话　0951-5019391　5052104
经　　销　全国新华书店
印刷装订　宁夏精捷彩色印务有限公司
印刷委托书号　（宁）0002541

开本　889mm×1194mm　1/32
印张　5.25　字数　150千字
版次　2016年9月第1版
印次　2016年9月第1次印刷
书号　ISBN 978-7-227-06430-5/I・1658
定价　28.00元

西野印象：歌唱或者独白

单永珍

诗人马占祥和西野是大学同学，我和马占祥认识较早，他向我极力推荐西野，说西野是西吉县最好的诗人，我很信任马占祥的文学眼光，相信他看好的，一般来说差不了多少。同时对于一个编辑来说，碰到好的作者和作品，那无疑是瞌睡遇上了枕头，心里自然是美的。之后便是约稿，发稿，交流，久而久之就兄弟老哥相称了。

西吉县出一个诗人，没有什么稀奇的。

《六盘山》已故的老编辑李成福先生曾说：西吉的每一棵小草上，都结着文学的露珠。那是老先生感叹西吉的文学人才就像韭菜一样，割一茬，长一茬，这是真的。虽然说西吉没有给我们这个时代孕育出大作家，但能在省市级报刊上发表文学作品的，倒是遍布沟沟岔岔。

树林大了，啥鸟都有，但能歌唱的夜莺，就在群鸟当中显得独立起来。

一个能独立思考，自由表达的人，他在探索的路上所付出的，是常人难以企及的。一个好的诗人，他肯定是一个独唱演员，他拒绝加入大合唱；甚至是一个拳击手，独自在拳台上，面对强敌。

西野就是这样的一个诗人。

在西部，在宁南山区，诗歌最容易滑向乡土诗的范畴，这个致命的障眼法使多少诗歌好汉最终悲壮地一个个倒下，到死都不知道病因何在。什么桃花杏花、柳树杨树、故乡家乡、父亲母亲、羊群牛群、燕子麻雀、沟沟岔岔、小河小桥等等，一辈子没有走出描摹的格局，加一些苦难的小调料，再粗声大嗓地高喊几句，这样就完成对故乡的赞美和对自我的安慰。这种俗套的写作方式，直到现在依然是依附在我们身上的毒瘤，一代一代地传染着。

西野谨慎地回避着。

就像是在我们一次次的酒后，西野泪流满面一样，每个孤独者都是一座封闭的城堡，苦思冥想着个体与个体的关系，个体与世界的关系。这种关系，说透了不外乎爱恨情仇，生离死别。问题的复杂性关键之处在于，你用怎样的一种方式来解决接踵而来的矛盾，是怀疑批判，还是歌颂赞美，方式的选择决定了一个诗人作品的成色，也决定了一个诗人在写作的道路上到底能走多远。

西野的选择是撕碎自己。

那些忧伤、痛苦、哭泣、呐喊；那些黑夜、乌鸦、黄昏、野草；那些姑娘、谣曲、背影、醉眠；那些光辉、恩情、太阳、绝恋，都与西野保持着呼应，冷暖色调交相构成诗人的写作谱系。

以我对西野的阅读，他的诗歌经验源于鲁迅的《野草》、穆旦、朦胧诗、昌耀、海子，以及艾略特、里尔克、阿赫玛托娃、普拉斯等等。诸神在上，高蛋白吸收之后，剩下的就是抒写个人经验，西野走的就是这条路。

个人经验，永远是个人经验，这是区别诗人和非诗人的密码。

西野是一个诗人。

他吃着锅盔、洋芋、生汆面、羊颊骨，喝着金糜子烧酒，吃得热火朝天，喝得荡气回肠。读着经典，睡在老家的土炕上，用最洋气的诗歌技术写着一个土著的心理裂变过程。

巴尔扎克说：小说是一个民族的秘史。我想，诗歌应当是一个人的秘史。

一个诗人，要面对所有的一切。

我的老哥叶舟在《秦人刘恩科》一文中写道："在生活的大道上，在迎面而来的人群中，总有那么一小部分的勇敢分子心怀梦想，不苟且，不随波逐流，不妥协，也绝不和解。他们的脸在生活的街头一闪而逝，一退再退，继而杳无音信，很容易被人忽略，遭人遗忘，仿佛是沉默的大多数的一员。在他们闪逝的一刹那，花还是花，水还是水，阳光也好，宁死不屈地照完古代，还照着现在，也照着这个世界上的菩萨和人民，不曾损减，愈加灿烂。他们成功了，我们中了计，以为那是一种湮灭和辞别，从此不再相见。"

西野是勇敢分子中的一员。

他悄悄地为这个世界写下自由的诗篇，沿着前辈的道路，在黑暗中点燃烛光，攫取光明与颂歌。

他是大地上的芸芸众生，只有在和诗歌相遇的那一刻，才显得与众不同。

在西野的心里，有他人不可触碰的痛楚，就像秘密。正是有了痛楚，才是他源源不断写作的出发点。一个优秀的诗人，他的目光永远是忧伤的，他的精神永远是痛苦的。总是有一些坏分子会打破生活的宁静，让他看到人世上的假恶丑，他必须说出来，用区别于常人的语言。他会仰望星空，更多的时间是在俯视大地，拿一把审判的利器，解剖自己。

没有痛感的文字，那是尸位素餐。

西野洁癖般地打磨着自己的文字。

我曾在《那些青春的日子已渐行渐远》中总结自己："年年岁岁，岁岁年年／醉酒后的一个趔趄，就撞开了四十岁的大门//一些人走了，一些人又来了／一些人死了，一些人还活着"。

就在写这篇文章时，我清点了一下，宁夏诗坛的人物，能拉到当代诗歌界遛一遛的不多，也就是三五个，基本上是黄土的面孔，瓷实地写着。有时想，这世上哪能有那么多的好诗人，少了好，纯粹，清净。

"做一个诗人很好／有几个信赖的诗人朋友，更好"。

那么，好了，就让西野在贺兰山上唱响："头割了不过碗大的疤，不死了就这个唱法。"

不是序，是感受和印象。

西野是我兄弟。

在神圣的缪斯面前，执子之手，与子偕老。

2016 年 4 月 28 日于原州

目录
contents

卷一　词语向西

卷二　镜中之歌

卷三　时光低语

卷四　人间苍茫

卷一

词语向西

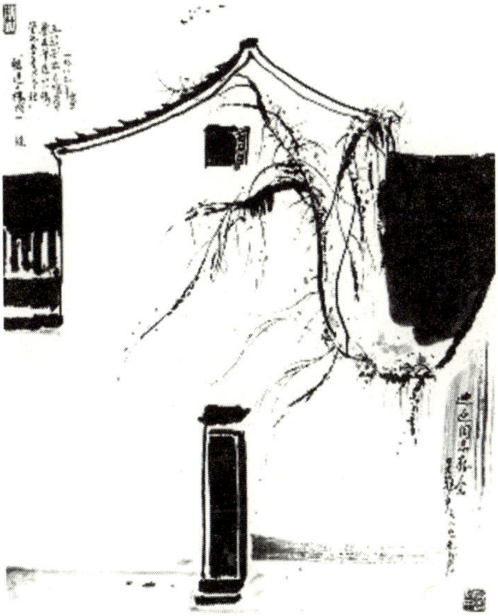

西行

我到过比远方更远的远方
我见过大海上无人认领的风暴
我曾借着闪电的微光
寻找失传已久的手杖

有时，我听见月亮独坐湖面，一声叹息
又仿佛夜风难寐，久久徘徊林间
吹我理屈词穷，吹我忧心孔疚
此去西天万里，星辰高悬苦胆
替我递交通关度牒
沿途白马秋霜，为我倒换长路关文

我已走上这永难回头的孤旅
这词语向西，星群璀璨的命运啊
注定将耗尽我一生的心血
我既降生于众草喧哗的九月
唯愿以这速朽的躯壳
丈量每一个西行长夜
和我与生俱来，月亮青铜的沉默

远方

谁把我们的一生惯坏
仿佛一页空白的毒药，或者
一块灵魂的胎记
三十九年来，我坚持写下的
不过是它虚幻的背影

一生的心血在细小的脉管里
响动了多少年，我已无可救药
当我轻声说出风的方向和
一寸又一寸
光阴的绝症
悬崖上的耳朵里正酝酿着
银河的风暴

旧事

那时暮霭正拖着长长的身影
从山头低低飞过
山顶是厚厚的积雪
终年一语不发
山上驻扎各色林木
这些土著信仰殊异，肤色斑驳
无风时它们有如经卷一般静默
起风的傍晚，它们中的一些
会睁开月亮的眼睛
摇醒部落的耳朵

这个时候林间所有的脚印就会复活
有的长出羽翼，有的生出鳞甲
而河流，有一些复习心事
一些重温旧梦，另一些浣洗云朵
再过片刻，夜晚的海潮就会退去
苍山将一一浮出水面
这样的时刻，我打人间经过
去往山中，顺道拜访一场
久违的大雪

灵州行（五首）

灵州：一次幻象的抵达

为了抵达那座边城
他不止一次地动用了
泛黄的经卷，发霉的石碑
贫血的修辞，以及一个巫师的梦游
和蹩脚的幻术

百无一用是书生
他甚至动用了一座“安放倒影的湖泊”
时光深处临时朝代的古老星辰
动用了命运的刀刃上
血迹斑斑的寒光，大地深处沉默的骨殖

这百无一用的书生
彻夜都在敲打一块铁了心的月亮——
这命里的风暴铁蹄，黄金肋骨
他妄图用语言的巨锤，灵魂的铁砧
锻出一把幻象的钥匙

此刻，他已疲倦至极，睡意昏沉
这是他所不知的——
那明月突然高悬暗夜
帝国之门訇然洞开
而灵州城里灯火如梦，有如
蝴蝶缠身

遥望水洞沟

爱人啊
这里一定存放着我们的前世

十万只野犀在雪中狂舞
十万只豹子在月光中沉睡
苍穹在上
大地深处埋藏着致命的力量
而那光阴的洪流不舍昼夜，一路向东

这些遍地奔跑的石头
曾见证过我们的欢娱
和隐痛，我曾倚着门框
盼你平安归来
我曾头戴野花
为你而开

爱人啊，你可曾看见——
今夜，穿越大地深处这幽暗的河谷

劫难已经远去，道路两旁野花盛开
你看我们含辛茹苦养大的孩子
正嬉戏着一路跑来

水洞沟记

中巴车在空白的纸页上
疯狂地奔跑。我听见
工业时代的神兽
颤动着陈旧的肺叶和
乌合之众的心跳

沿途是天空的雪和煤屑
弥漫大地的纸页和
一座森林的心血
遍地皆是碎裂的石头
仿佛一个古老族群的咒语和悲怆的铭文
远处是 1200 万像素的乌云
更远处，轮回的风暴正在集结——

欢迎各位来到三万年前
华美时代的前夜
在这里，你将有幸亲眼目睹
野犀在意念中诵经
豹子在月光下放生
而鹦鹉抽空复习爱情，练习嗓音

车过白芨滩

像一件被遗弃的旧衣裳
浑身打满了荒草和兽骨的补丁

其实，这海一样的沙漠
更像一个破旧的面具
在今夜的星空下
泛着孤独的光

鸟雀飞累了
虫豸也累了
连野风都细若游丝
走了这么远的路程
我却越来越爱
这被时光遗忘的沙漠——
爱它滚烫的沉默，冰凉的焦灼

我的内心肯定也有这样一座
不为人知的沙漠
也许就是这流离失所的午后
它竟暗合了白芨滩
补丁一样的
孤独与沉默

磁窑堡断想

风暴卷走了证词
只留下骨头剔出的谜语
花瓣散落一地，犹如镜子
枯萎的回声，星辰的皮肤
渗出了背叛者的血
穿上绣满野花的寿衣吧
你这命里注定缺金的白袍僧侣
当失散多年的兄弟流落他乡
是谁，将一个朝代倾斜的背影
轻轻扶起，又是谁
将一个朝代风霜的脸庞
掬在手心，一再凝望

新疆印象

你把更多的蓝
给了我，她曾经那么幽深，略带忧郁

当羊群在大地上安静地啃食时光
我愿被美刺瞎双眼

风携带着蓝，更多的蓝
从天空中吹过

吹落一地白白的云朵
吹进一个子民最柔软的心窝

在腾格里

没有一粒沙
没有一滴水
一切都不复存在

在腾格里的边缘
我只看到
时光之外无边的寂静
腾出来一块小小的
空白

埋伏

夜深了，只有风

把灵魂托付给旷野上的一座花园
把一只耳朵交给
一座仓库——
灌满回忆，尘土，孤独
忧郁，是我今夜唯一的
深蓝色睡袍

寂静之外
时光的鞋子里住着我失散多年
乡下的穷亲戚
像一个含蓄的阴谋
埋伏在天亮之前的十字路口

盛开

一整夜的雨
一整夜凌乱的舞步
之后大地静寂如初
之后风行水上花园
之后。你的秘密
在我心中幽然盛开

提醒

骨头，大雨，叹息
花园，晨露，马
酒杯，夜莺，翅膀

当一场纷纷扬扬的秋叶
挡住你的去路，人啊
请掉转马头，请跟随我
轻声唤出那个疼痛的名字
那寂静的花园里

盛开着冰凉的骨头
那冰凉的骨头上偶尔会掠过
一丝冰凉的风
这些陌生的游客，秋天出门远足的
醉鬼，怀抱高处的云朵
和低处的微尘，像一面破碎的镜子
提醒着我们漫长而孤独的一生

陌生的旅程

河流在风中缓步游走
石头里蝴蝶翩然起舞
金黄的麦田上空
飞鸟正用苍茫编织远方
荆棘的耳朵里
鱼在领诵风暴
布谷鸟在轻声鸣叫
漫长而陈旧的道路上
铺满了草药的低语
吹笛人带上春天的院门
流浪的燕子怀揣地图
开始了陌生的旅程

人间世（五首）

台词

一场秋雨无法浇灭切割机发烫的轰鸣
一只临时加入的鹦鹉
却能够说出主要演员的台词
一束词语的萤火与流光
铺开的可能是夜晚的彩虹
一道闪电却无法撬开
社会昏暗的嘴唇

我左手攥着命运的利刃
右手紧抓悬崖的枯藤
听见那夜鸟已经敲响
月光浇铸的铜钟
而风暴正从笔尖的大海上醒来
魔术师走后，舞台深处传来
侏儒金属的嗓音
哦！那乌合之众一贯拥有
发光的喉咙

秋天的骨头已经吹响金黄的号角
哦！这孤独的
缺席者的时代已经来临

内心素描：一首印象主义歌谣

他在午后的喧哗中沉睡
在一只黑蝴蝶的前世中
假寐，他不是庄子
他和这个时代关系有些暧昧

已是秋天，没完没了的秋风
开始浣洗那些发白的灵魂
每年白露一过，这个瘸子
就开始他的疯狂之旅
白日出门游荡，夜间借尸还魂

此刻，他梦见的长街空无一人
就在转身的一瞬
他在社会的镜中窥见那灰色的面容
正衣衫褴褛，手持乌云

大地的口袋里一片荒芜
新闻频道里到处弥漫着
洪水发霉的潮声
梦里梦外都是滚烫的雷霆

趁这园中的花朵正开得从容
下一个碾碎命运的巨轮尚未抵临
借那照亮来世的一盏长明之灯
他记下了这必将不知所云的午后一梦

那微笑着看着我的

那微笑着看着我的
是十二月的原野上突然席卷过来的风暴
更尖锐的风暴
虚构者的理性之光被悬置在时间的深处
而我身体的屋檐下挂满了生铁——
一些所谓的思想，锈迹斑斑的念头
它们在这个肉体与灵魂冲突不断的时代
遥相呼应，沆瀣一气
而那八月的时代之野外
是席卷而来的阵阵铁蹄和喧嚣
世界的尽头，一次充满危险的内科手术
正在逐渐展开局部的细节
某个朝代的主刀大夫
他正微笑着，看着我
如同人世的良心
守着一个被回收的弃婴

四行的悲歌

在河里游荡得太久，鱼都快变成水了
在雨地里等得太久，雨都快认不出雨了
流浪的人啊！路太长了
那走夜路的即将变成歧途

人间世

钟情于一枚花瓣的人
正手握利刃走向山林
那疯狂赞美羔羊的纯洁之人
念念不忘的，仍是一株香草和一勺汤羹
一头撞向南墙的好学之人
前世里肯定严重偏科，却对地理一窍不通
一条道上走到黄昏的人
模样俊俏，脑袋里一定装着老大的灵魂
那下定决心跳进河里的人
借着污浊的河水，终于洗干净了
他污浊的口音
他曾热爱草药胜于自己的生命
他的来世必定寿终正寝

虚构之夜

白杨树在秋夜里
哗哗作响，大地的边缘
开来火车的尖叫
飞机呼啸着穿过厚重的云层
狗的吠声像星星
亮在漆黑的耳朵里
耳朵里跳动着阵阵悬空的舞步
哑巴突然开口说话
哦！这虚构之夜
失眠者的帝国，空洞无比的
花园，一些凌乱的残句
反复在梦里闪现
当光阴的秩序再次重构
卑微的流水又一次带来
玫瑰芬芳的火焰

完美旅程

风，在深树里响着
灯火在梦中启程
琴声在大地上奔跑
我们，被各自的心跳带往
远方。你好！
沿途的小站
再见！生动的故事现场
你有一个完美的旅程
你将不虚此行
疯子是今夜的月亮
疯子盖着他的天堂

痴人说梦

性感的肉体时代
众草的喧哗时代
浮生的大梦时代
流浪的燕子还在绝境中游荡
途经城市的秋天
你可曾遇见那个捕风捉影的人
老虎需要阴影
孔雀需要足够的睡眠
鹦鹉和豹子需要治疗咽炎
而骑手找不到马
兽医出家多日，至今未归
而邮差送来的信件早已腐烂
长夜将尽，月上楼台
照我形骸潦草，照我
半生浮萍，残荷入梦

在西行的列车上

火车疾驰
凌晨的事物稍纵即逝
有一些，我看清了它们的内部
真相，更多地
从我的生命中一闪而过
凭着回忆
我只是在瞬间捕捉到了那些
闪电枯萎的轮廓

这一辆从济南开往兰州的 K1027 次列车
自东向西，走走停停
加速，滞留
毫无疑问，它会准时把我们
带往各自的乡村，城市
还有那些悲欢离合的现场
虽然，此刻它已晚点一个多小时
并将继续

这是又一个清晨
唯美而空洞，缓慢而抒情
我有幸目击了这些略显纷乱的幻象

并试图“用我最温柔的力量
唱出那些婉转的惆怅”

此刻，分裂的城堡正在平原上一路狂奔
把我远远地甩在身后
而窗外，这个俗世的清晨
正在列车长一再的歉意中
泛着幽暗的光亮

雨天经过平原

是在六月的午后
雨水再一次打湿了它
这个安放着我们的口粮
骨殖和风水的平原
又一次呈现在大地的边缘
多少年来，我们总是行色匆匆
不断擦肩而过
关于它，我依旧一无所知

是在这漫长的午后
沿途一棵紧挨一棵
那些远树的静默
悄悄接过了一个书生
纷乱的思绪
和虚无的漂泊
仿佛轻轻接过那些碎银般的
时光和一个灵魂
出窍的过错

给算命先生和明月的歌

秋风吹遍。今夜孤寂的城池
明月映照万物
今夜，你借予我的光
背负嘴唇的前世之光
沉默不语，无处容身

你可知今夜的风暴早已吹偏了星辰
而遥远的大海依旧风平浪静
今夜，就让我们一起清点途中的盘缠
你且排开你的生辰八字
我只紧握半卷残梦

暗夜正长
明月呀，明月
且去驮他奔赴远方
他将用一枚银币的耳朵
追寻命运的风暴
我将留在今夜
苍茫的大海之上
倾心灌注一张时光的唱片

当一场大雪……

当一场大雪，为你带来十二月的灰烬
带来天堂的马车、布匹和干粮
谁来取走我身体中残留的粮食
——饮过露水的粮食
谁来打开灯盏中那沉默的双唇
夜的蜂箱，孤独之门

当一场大雪突然转向
天空，为你而挂满果实
而大地空空，我坠落的口袋里
只有一束发霉的琴声
人啊。大雪之上
你的村庄端坐旷野，坐在我的心上
背靠尘世，双目失明
为谁醒着，在月之阴暗的背面

听啊！大雪已经侧身退去
而蹄声寂荡，谷底里过路的人
他清俊的双眸必为子夜的月光所伤
而洁白的谣曲传遍四野
像我去年复发的旧病

大海在屋顶上沉睡

大海在屋顶上沉睡
月色静美
有人在人间磨刀
——梦之刀

大地正在铺展开来
神兽继续沉默
十万马匹驮负十万座祭坛
三缄其口

有人算卦
有人细数雪花
有人热爱疾病
有人偷生

世界不动声色
苍茫，辽远

一个西部小镇里发生的事件

2003 年 10 月 30 日
园中的最后一朵玫瑰盛开
她的过错将被一一宽恕
坡地上跪着草木
离春天很远很远的地方
醒着一个离家出走的孩子
一场大雨早已为我们带来悲伤的皱纹

举高，再举得高一些
越过头顶，轻轻地落下来
掘地三尺，就能找到世界的伤口
一辆黑色的马车在黄昏把我们
淹没之前，准时抵临

小镇里最后离开的人
他正在擦拭那只受伤的果实
犹如打磨一颗蓝色的心脏
闭门不出，衣衫破旧
此刻，我写下了这样一个真实的细节：
蓝色的墨水从他破裂的颅骨里流出来
染红了我的食指

一个人的村落

现在，我迫使自己停下来
犹如终止一生的渴念
黑暗中，鸽群先于钟声降临
今夜，这场聚会多么盛大

经过暗示
经过走失古堡的城门
经过肩上的白杨树
现在我要迫使自己停下来
我要清点
体内还有多少带血的玫瑰和诗篇
多少年来他们一直保持沉默
仿佛梦里闪过的霞迹

常常就在俯身的一瞬
经卷来不及打开
献辞来不及呈上
流水来不及微小的响动
遍地奔走的人
被风运来又运走
隐秘者舞姿的背后
我永远都在打听一个村庄的下落

不知疲倦地追寻
少女穿过密林遗失的身影

这是真实的——
起初是一匹马
后来群马从尘土之巅聚拢
在深深的谷底，在辽远的大地
当口袋里的石子再一次疯狂
那渐次退隐的
悄悄把我击伤

我是陈列室傀儡或样品间哑巴

——听 *Showroom Dummies*

穿过一道虚掩的门
穿过一些愈发幽暗的声音碎片
黄昏辽远，一卷无垠之梦正凌空舞蹈
倾向虚无

整个下午，我被关上了嘴巴
像一道无解的习题
关上了荒谬的真理
我站在黄昏里，这无人之境
那些我看见的，和看见我的
将越来越远，越来越模糊不清

整个下午，我被一张唱片反复播放
被这个工业时代不断聆听
女士们，先生们
那接送我的马车尚未启程
也许车夫还有一些作业尚未完工
他曾在我梦中不断闪现
面容倦怠，神情凝重

女士们，先生们
你们即将被告知再度穿越那一道门
——遗忘之门，而我
我只是这样品间里的一出把戏
我既不懂得忧伤，亦不解得风情

街头偶遇三个背琴少女

——兼听吉他曲《人们的梦》

背着古典的青春背着人们的梦
背负最初的幸福

三只旅途中的鸽子
三个奇异的关联
三枚金色旋律上缔结出的梦之果实

人间炎热，乌云翻滚
三生的月光互照
时光的镜中
飘过三个谜一般的安娜

月光旅程：两个少年，一片海

——听 *Declaration of Dependence* 之 24~25

风在很远的地方吹着
世事洞明，寂静如花
她的芬芳在时光之外
两个少年啊，一片海

这个秋夜
请允许我再一次赞美生活
包括那些低处的迷思
内心的跌宕
两个少年啊，一片海

西风吹梦。天涯霜露
梦在燃烧。骨头金黄
两个少年啊，一片海

今夜，时光在轻声歌唱
我携古老的旅程来到那海上
开始吧，就在今夜
我将是你
每一寸黯淡而明亮的月光

词语的狂想之旅（六首）

鱼

脑海中游荡的彩虹
明灭可见，星星私语
河伯掌中，一盏随时会飞的灯

月亮

我听见那幽怨之光
整夜汩汩流淌

鸟

是谁点燃了那飞翔的火焰
借助于它，我们寻找
通往天界的理性之门

钢琴

弹奏钢琴的人
生来偏爱回忆

就连琴键上都弥漫着
往事发霉的味道

静物

画框之门虚掩
有人折骨为笔
练习素描灵魂
倾听光之肉身的私语

魔术师

他只是自己的一个道具而已
最终，他将变成
阿拉丁手中的一盏神灯
那显现梦境的人
最终也将消逝于梦境

卷二

镜中之歌

昙花

她开口说话
火焰在瞬间凋零

一只白靴子
唤醒疲倦的梦游者
晚祷的人啊，你在午夜
加入世俗的歌唱，先于
悲伤

时光依旧守口如瓶
她已然盛开
不是花朵，是
瞬间

合欢

他梦见一只鸟
在梳理羽毛，借着月光
月光是一把梳子
一棵树其实是一只鸟
甚至有那么一次
我听见了那美丽翅翼的颤动
当我卸下这沉重的肉身
夜风已吹过六月的空旷
一棵想飞的树
梦见他在梦里轻声歌唱
一棵想飞的树啊
浑身长满了会飞的
流光

青衣

忧郁的三月。寂静的春天
黄昏转身离去
戴面具的月亮从脑海中升起
“……虚空如风暴之眼。”
一座深渊。一件青衫
我生来孤独
仿佛刀刃上沉睡的远方
嘲笑这孤独吧，可疑的情人
你看她正抱琴长歌，跳起回旋之舞
“我亦飘零久
星辰灿若刀口”

夜莺

我时常听见她在鸣叫
一只迷途的、孤独的夜莺
在华美时代的红尘掩映中
听起来，这游丝一般的声音
那么微弱，细小

但我还是扬起双耳，闭上了双目
我愿是那清冽的乐音停顿处
透明的休止符

为了等待那些婉转、清越的声音
我甘愿在这幽暗而渺远的林荫道上
耗尽一生的静默

乌鸦

天空深锁，天空深处
神丢失了，黄金的钥匙
坐在雪地里猜谜语

背负雪水的乌鸦，背负旧病的沉默
背负沉默的预言，埋葬在野花深处
像我埋在诗歌的后院里
远道而来苦命的马匹
暗藏忧伤的马匹
叫醒黄昏果园里沉睡的人

城中空无一人
人啊，何必叹息
西风驮走去年荒芜的村庄
天堂深处，村庄发白
牧羊人住在昨天的棺材里
你一定要宽恕我这枚钉在人间的钉子

子夜，乌鸦更黑
我小心地埋掉我发霉的耳朵
把心贴在隔壁屋子的墙上
等待猜谜语的神开出致命的药方

大雨将至

梨花从梦中醒来。鸟群抬着落日
星河旋转。雷在推动巨大的磨盘
天堂之灯高悬。银河之水静静流淌
白发的月光仿佛某种神秘的仪式
闪电手握时光的法器
默诵着万物的微光与战栗

冬夜读雪

大雪铺陈，他耳朵紧贴大地的墙壁
册页散落一地，像蝴蝶的
叹息。读吧，读吧
把这一场漫天风雪
带入孤独的大海之梦
带进杯底旋转的花园
然后，合上经卷——
他甩掉子夜的肉身与凡胎
换上了大雪的骨头
此刻，一个癫僧正在平原上
一路狂奔

猎人手记

当一支黑色响箭穿过寂静的密林
旷野中盛开的野菊正轻轻燃烧
九天之上，但见黑鹰久久盘旋
恰似一座铜钟静默，悬于高空

而人间秋声喧哗，虫豸相依为命
月光之下，有人在挖掘梦之陷阱
哦！你看那小兽正在梳理月光的绒毛
——一路追寻，已使多少青春荒芜

当我终于踏上这食梦之兽年迈的孤旅
一睹它失传已久的芳容
那浪迹天涯的小兽
突然之间，化为一场大雪的遁词
瞬间就藏身梦之旷野，一群蝴蝶的曼舞
从此它的踪迹再也辨认不出……

听风的歌

鸟群在天空中集结。婴儿正走向海岸
少年在大海里练习单车
废弃的车轮上泛着陈旧的光
风居住的长街空无一人
空荡荡的窗口朝向未来也朝向过去
黄花弥望。如蜂群透明的阴影
道路步履蹒跚
摇摇晃晃走到了天边
他们即将出发，去往恩赐之地
人生一世。奄忽逆旅
癸巳秋深。年华恍惚
我是一张时光唱片
沉睡在那群峰之巅

蝴蝶与蓝

这些抽象的骨肉和色彩
它们形成了事实上的阴影与孤独
当我回头，人间尽是摇摇晃晃的云朵
我曾像草木一样
俯下身体探查大地的隐秘
而一生的时光终将掩埋
在这杯下午的病酒里
半是忧郁半是爱的人间啊
谁能回答我？如何
究竟要如何才能不辜负
此生这一场狂想之旅
当我终被宿命的烈焰灼伤
当我在你遗忘的双眸里
卸下沉重的双翅，孤单地飞翔
谁能化解我心头蓝色的忧郁

尘埃之舞

忧郁的豹子踏着初秋的露水慢行
吃素的蛇在时光的洞穴里轻声诵经
疲倦的蝴蝶在子夜的月光下熟睡
屋顶上的花园里星辰在孤独地旋转
人间太平无事。被反复提及的一场风暴
尚在途中，尚无人认领
黎明时分出门远行的眷侣手挽着手
像尘埃挽着尘埃
跳起曼妙而轻盈的舞蹈

想起乌鸦

想起乌鸦——这孤独的群居之物
想起大地上秋天的事情
当夜幕降临
人间灯火闪烁，华风猎猎
故乡在即。大雪遥望
而我们的神灵独坐山坡
想起秋天以后的事情
和乌鸦陌生的旅程
遂敲打西山残月
唱起无人能解的谣曲

雨天的羊群

它们安静得
事实上并不存在
当我穿过六月的一场大雨
直奔西海固，它们在我的脑海中
一闪而过，这一场雨
会一直持续下去吗
那啃雨的羊群
会一直安静地啃食下去吗
整个途中，我被羊群的词语
不断困扰着
而它们依旧安静地
啃食着途中这场大雨
仿佛在我脑海里
它们安静得并不存在

牧鹰者

北风吹彻。草莽山峦。鼓声猎猎
“赤豹暗藏，虎啸斑斓”

野兽高举火把映出林间荒径
鸟群穿针引线，缝补天空
鹰眼里藏着上好的琥珀
薄暮阵阵嘶鸣
牧鹰者展开双翼
一道黑影。遁入长空

北地笳声呜咽。猎鼓渐远
马背突然腾起。一轮弯月

疯玫瑰

寒鸦枯死，裸雪狂奔
大地如霜，九月的刀刃上
奔走着一万只牛羊的呼喊
青铜的眼睛整整醒了一夜
传单遍野啊——
提琴在隔壁的屋子里抽泣
有谁，会有谁听见
颅骨崩裂的那一声巨响
比雪还轻，比雪还沉
那脚步声近了
都是些提着星星过河的人
都是些迟早要丢失的人
要把上路的口粮埋在前世的篮子里
要把篮子里的疯玫瑰藏在来世的伤口里

写给雪的短歌

2004 年 12 月 24 日
世上的盐，背着骨头出门的盐
被万人践踏

黄昏，我在街头险些跌倒
就是他们，轻轻扶了我一把

妈妈，这是暗地里落下的
一场大雪
这一辈子的苦难把我照亮
这一辈子的幸福从天而降
衣袂飘飘
美如炊烟

那沉默了已久的烟囱

就是在剃须刀的轰鸣声
和持续了一个春天的咳嗽声里
这个清晨，那根沉默了已久的烟囱
轻轻地晃了一下，几乎不被察觉

啊！在这个清晨，我的内心早被掏空
只剩下一场肆意弥漫的大雾
和一把散落的灰烬
就是在这样一个早晨，我仿佛听得见
春天里那因等得太久而被遗忘的人
轻轻地说：

冬天正悄然离去
把这根沉默着的烟囱
和那些雪白的蹄声
留给渐渐遥远的春天吧
和春天里那些因遗忘的惯性而双目失明的人

露水谣

嘘！一枚叶子压低了嗓门：

瞧——
露水光着小脚丫
露水不说话
露水伤心啦

露水！露水！
哥哥不敢说话呀
张嘴怕你掉地下

月亮

月亮的眼眶里穿过夜晚的一阵清风——
一根比丝还细的线
当人们熟睡
她将我轻轻唤醒：

你瞧！多可怜的一群孩子啊
今夜，我们将为他们缝补破旧的衣衫

鱼

一尾精致无比的乐器
在未知的世界里沉寂
一生最美艳的时光
等待流水的指尖轻轻拨响
邂逅孤绝诡秘的永恒之音

树

它带给我们的
不止纸张的言说与沉默
还有关于一双翅膀的证据
以及火焰与方向
大地之上，它高高举起枯枝
一只破旧不堪的翅膀
穷尽其力，撑起空荡荡的天空
而大地深处
另一只翅膀，正艰难地行进在
通往黑暗之城的路上
中间，一位盲眼诗人
引领我们一边歌唱
一边侧身飞翔

月亮的芳名

落日摇摇欲坠，但
尚未坠落
那只贪吃的小松鼠
盯着一颗巨大的红松果
已经整整一天

整整一天，他忧心如焚
心神不宁
为了月亮
他决定藏好笔砚
但月亮尚未出现

你知道
月亮只不过是一个芳名

鹰之歌（二首）

之一

你是苍穹中沉睡的精灵
你黄金的歌声藏在云朵的舌苔下
你用雷的心跳唤醒天使与明月
明月在上。明月的嘴里含着你
透明的心脏，明月在上
我早已为你写下子夜的献歌
为你牵来西行的匹马
彩云之上，笙箫盘旋
当密语和回声在那月光荡漾的
湖面起舞，且让我与你共饮那命中的
黑暗和孤寂。在这永恒之秋的黎明
我听见露水与火焰的合唱
像极命运的镜像，映出光芒的翅膀
挥舞灿烂的极光
引领我们一路上升，接近天堂

之二

它是宇宙中的一滴血
今生流落世间
只为找寻那前世哭瞎的王冠

雷霆啊，众兄弟
你们要抱紧它，抱紧哭泣的荆棘
抱紧明灭的火烛
抱紧暮光之刃
把它抱成万钧的怒吼和沉默

当宿命的伤花竟相怒放天宇
夜夜笙歌，烧在书生梦里
天使因此沉默不语
世界因此苍茫辽远
唯他佝偻的身影
更显苍凉而孤高
酷似一柄弯月宝刀

对一条河流的形而下描述

和昨日那一条几乎没有不同
它依旧缓慢，空阔
安静得甚至没有人注意到它的存在

一些喧嚣从上游被冲了下来
一些亡者从河对岸被抬了过去
一群又一群的丛林
从原始部落来到现代
多少年来，它就这样一直静默

一些风雨吹走命运
另一些灰尘驮来光阴
水势小了，流量少了
流速越来越慢
直到有一天我竟忽略了
作为一条河流它的存在

哦，我有多长时间没有回到那里了
那条曾经珍藏了一个少年
一生奔跑的倒影
和孤独回声的河流

此刻，关于它的描述已接近尾声
对你而言，它只是一个词而已
为了把它指给你看，我已枉费不少心血

现在，我时常还会想起它
当然，我也偶尔会忽略它——
它依旧缓慢、空阔、寂寥
仿佛悄无声息，又仿佛彻夜细语

卡了壳的词语

像隐身锋刃的一道寒光
像芭蕉翘足张望的一场暮雨
像藏在喉咙里的一声雷霆
一个卡了壳的词语
就要把回忆引爆

倚窗而立的吉他

双耳失聪的歌者
薄暮中归来，身披茫茫夜色

在黑暗中，他摸出了钥匙
准确地打开了屋门
窗外，月光在唱

双目失明的人还在寂静的回声中写作：
倚窗而立的人
内心积存了一个世纪的雨水
再有一刻
整个世界就要大雨倾盆

关于月亮与海的修辞

海上的月亮照耀珠光宝气的豹子
也照耀家徒四壁的毛驴
月亮下的海运送旧病，也运送欢愉

有时，月亮下的海
像眷侣制造的陷阱和风暴
而海上的月亮
又像藏身梦里的芬芳和脸庞

有时，月亮下的海会伤心
就吹一把月光铜号
号声清明，照亮人间暗夜
有时多情，就骑一匹云中白马
寻找遗失多年之人

而有时，海上的月亮也孤独，就流泪
泪水流啊流，就流成了海
有时身子虚弱，易患疾
有人不幸被染，从此再也无药可医

对一口钟的形而上描述

你是他怀中之琴
锈迹斑驳
孤独，残破
青铜三缄其口
沉默不语

而时代之夜持续华美，妖艳
琴师高烧不退
盖着天堂
睡在人间

旷野上的月光已经起轿

旷野上的月光已经起轿
大地空空，盛满寂静
鹰在水底清点雷声
鱼在子夜缝补翅膀

夜雨中出门远行的人
穿过水之骨，穿过布道者
地址不详的城堡
夜雨中出门远行的人啊
黑暗找到了他失传多年的蓝色衫袍

喂饱的足印就要疯了
马背上的闪电就要跪下了
一个朝代的背影
正把天空打扫
帝国的银币梦见了他的前世——
你的天堂朝南开着
我的月光已经起轿

纸上一匹黑马狂奔而来

一匹黑马从纸上奔驰而来
白雪覆盖的荒野上
传来烈焰沉默的喘息
一匹黑马，闪电的悲鸣
照亮了这个世界的暗疾
一匹铁打的黑马正从纸上
狂奔而来，冰雪与火焰交融着
舞蹈，你听那——
世间雷霆滚滚
而纸的城墙风骨犹存

影子：菊花歌谣

裸雪狂奔。那西风中跑得最快的
必为黑暗所葬送
月夜，苦艾遍长的山冈上
睡着我发霉的亲人

布道者，请小心打开
这锈迹斑斑的睡衣
当回声捂住耳朵
当花朵住满寂静
黑翅膀黑眼睛黑头发的黑蝴蝶啊
你们要守护好这羽翼上的夜露

夜已发白，夜露正凉
菊香空留余烬
现在，我要将自己交出
星空之下，旷野之上
像梦中翻身的一块石碑
交出内心的秘密和芬芳

旋律：镜中之雪在轻轻燃烧

他在火焰里整理灰烬的歌谣
在灰烬的时光里复原火焰的舞蹈
渐次展开的寂静里
传来旋律燃烧的声音
黑白分明的琴键上
跨过十匹黑马，十个猎手
众镜互照，众鸟高飞
声音的魔术师在清点道具和回忆
这个时候，小兽适合在旷野熟睡
像镜中之雪轻轻燃烧

野菊花：一些秋天不曾到过那里的脚印

像一些秋天不曾到过那里的脚印
野菊花烧在月夜的岩石上

秋天的后半夜，有人在霜地里磨刀
途中幽暗的分量加重了

谁！这么长久地热爱寂静
深陷其中，不能自拔

现在我们要安静地坐下来
我们要说服每一粒灰尘
必须细心地安顿路过的每一颗石头

这将是一个漫长的旅途
现在，我们要打开这些泛黄的经卷：
对着秋天熟睡的脚印
对着一些不曾到过那里的灵魂
轻轻地说出那些蓝色的忧郁和轻盈

星群的暴动

整个夜晚，都能听见天空深处
那沉重的脚步，艰难的呼吸
乌云缠绕的密林里
一只神秘之眼仿佛一闪而过
那只独角兽一定关押在
月亮陈旧的身体里吗
有一刻我终于忍不住
打开了沉默已久的窗户
却无意中看见了时光
死去多年的漏洞，和另一场星群
璀璨无比的暴动

卷三

时光低语

春天书

春天里人称来回走动
春天里桃花心事重重
花瓣梦见了最初的火焰，像长夜梦见
黎明，蝴蝶梦见大海
哦！春天里大雪纷飞
你看那桃花十里
春风浩荡
鲜衣怒马，呼啸而来
高飞的鹰依旧倾心豢养
闪电散发的芬芳
是时候了！
当一场词语的风暴突然转向
大雪飞舞，捎来人间书信
如潜藏体内多年的想念与暗疾
如衣衫不振的铜鉴，中年之井
发霉的回声，和那舌尖上
孤独的夜莺

越来越强的光

晨起。微凉。我在屋内清扫杂尘
整理去冬旧物。窗外
三两声鸟语。空气微微颤抖
室内渐渐明亮起来
远处七声礼炮
依次向天空鸣响……
很快，风就把它们一一融化了
此刻，背光处的尘埃上下翻飞
像乖戾无常、细碎冰凉的回忆
它们甚至比刚才更暖了一些
这一刻，晨光把扫帚又往暗处
伸进了一寸。至少这一刻
我和它有着相同愿望——
现在，我要亲手揪出那些
卧底已久的叛徒和可疑分子——
然后，借着这个早晨
越来越强的亮光
填满去冬和今春之间
那些黯淡的缝隙和空洞的虚妄

召唤

那深不可测的蓝
是对一颗石子的召唤

你黑黑的眼眸里
有我小小的孤单

救赎

读者朋友
请恕我再迂腐再酸臭一次
因这世间所有的语词早成灰烬
唯她还在燃烧
像九月头上的一盏野菊

读者朋友，请宽恕她的盛开
在这个漫长而又孤寂的雨夜
你们都在各自的岗位各司其职
做好本职工作，抽空醉生梦死

你们永远不会知晓——
此刻，我写下了这样的句子
这个众生凋零的形而下之夜
只有她在静静怒放
只有她淡淡的芬芳映照着
这个迂腐而又酸臭的知识分子
内心潜伏的巨大阴影
和他略显倦怠的面容

聪明的读者朋友，如你所知——
你们是上帝手中的孤独
而她只是这世间最愚蠢的一次救赎

如梦之梦

虚妄的命名。万物的陷阱
镜中的囚徒。帝国的卜卦师
沉默之树。嘴唇远游
白马下雪山
雪花豹回到午夜的村庄
月光小兽踩着舞步来到人间
青鱼点灯，照我夜行

三月（二首）

之一

三月里
风急，草更急

你把自己弄丢了，风
把面具弄丢了

多么粗心大意的鹰啊
你把整个天空都弄丢了

之二

枯草深处，是谁
轻轻推开那道沉默已久的
尘世之门，当黑暗中众草举起
灵魂战栗的灯火
当三月里最初的蝴蝶即将启程
众树依次加入合唱
风吹长旅，吹灭碎石枯萎的印迹
吹烂平原上散落的朽木

吹凉了人间的爱情
风亦吹着鹰的内心
大地的苦水喂养草药的孤独
而那长风永不停歇。鼓声亦不停歇——
彻夜敲打三月之苍穹
应着风声和鼓点而来的
当是远方的蹄声和
三月雷霆的阵阵胎动

小学时代

火一样的岁月。绝版的青春
锣鼓喧嚣。铁环鸣响。营养不良的村庄
少年已知的隐忧。小路未经求证的悒郁
语文作业中缓缓滑落的夕阳
报告地理：秋天到了，天气凉了
而历史深处，一群大雁正往南飞……
一会儿排成个人字，一会儿
排成个一字。北方以北
天那么高，那么蓝
少年透明如玉。寂静的操场
整理了他的重重心事和单薄的身影
哦！那火一样的年代
你听。此刻遥远的屋檐下悬铁声声
而风中隐约传来十二个少年的呼喊——
是的。就是那十二颗星子孤单的回声
让一只瘦小的麻雀永远地困在了
教室里的故乡

口琴时代

含在嘴唇里的回声，正轻啄
往事之壳。此刻，是谁掬起
那一眼声音的清泉，轻轻浣洗
夜莺遗落山涧的歌谣
晚风凭栏。时光的枝头微微晃动
有人彻夜难寐，漫步四野，采摘忧愁
而琴声渐起，荡出层层涟漪
“桂棹兮兰桨，击空明兮溯流光”
这样的时刻，我独自一人，逆流而上
去往月白星稀，乌鹊南飞之夜

中秋前夜记梦

明日便是中秋
天气已经转凉
天地仿佛巨大的容器
我是其中一个小小的物件
仿佛天地间的一束焰火
注定将要燃尽熄灭
为了照亮孤苦的夜旅
我已燃烧了三十四个年头

昨夜落雨，顺便
我把自己解救了出来
像一只笼中的困兽
火焰在夜雨中沉睡
海上白马狂奔，月影婆娑
我听见一架钢琴
在云端轻轻叹息……

三月的午后

一切都在隐退
一辆满载喧嚣的手扶拖拉机
一个公开兜售初夜的纯情女郎
一个躲在四轮驱动真皮轿车后座的太守
引以为荣的风流韵事
一个沿街乞讨的哑巴凌乱的头发
和一个正在敲击键盘寻觅诗意的
唐朝青年纷乱的思绪

三月的午后
远处的高层建筑近处的街道
它们兀自静默
林中的风声草木上的阳光也静默着
穿过一场大梦的光影
我们已经走了很远的路途

是的，对你来说这些无关紧要
它只不过是二零一零年三月的某个午后
它是如此平庸如此荒唐如此虚妄
如此乏善可陈

这个午后，我将准时收到远方友人
寄来的一场纷纷扬扬的漫天大雪
和时光的夹缝中
那些瞬间失声的静默

秋日怀乡

漫天星子
夜露晨霜
一帘幽梦做行囊

暮云断雁
雨骤风凉
十里长亭更短长

一阶落红
几度秋阳
明月为马走四方

更深梦浅
烛火昏黄
夜夜的晚夕里泪汪汪

黄昏（四首）

秋日黄昏

我们用过的好日子旧了
仿佛昨夜的月亮，坐在
秋天冰凉的藤椅上

喧嚣的鱼群之上
飞鸟反复击打镜中空门
寂静的回廊里传来细碎的脚步
睡眠提前衰老
日益空旷，单薄

暮色刚刚卸下沉重的肉身
一场永不停歇的大雪突然降临
突然降临，像墓园上空
月亮照着我们的眼神

黄昏之诗

切割机在不停地咆哮
工厂里隐隐传来骨头低沉的怒吼

天空的玻璃上映出
喜鹊的暗笑和烟囱的静默
诗人合上了书
飞鸟反复擦拭陈旧的星辰
像裁缝修补时光经年的漏洞
天色提前暗了下来
我独坐一盏灯的井底
苦苦等待你的降临

暮色来临

万物停止歌唱
飞鸟衔来芬芳
夕光暖热荒凉

西天高远，星光暗淡
有人身披风的外衣
独坐旷野
有人翻身续梦——

一片寂静
浑身盖满月光

黄昏抒情

我必将动用这些破旧的
厂房，暮霭中静默的老树，以及

两只喜鹊的和鸣，一堆逐渐冷静下来的
废铁，还有爬在制度的窗台上
一个小公务员的孤独和远方的念想

西天里云色在不断
加深，两只蚂蚁终于相遇人间
历经劫难，有一些人已提早退席
被用旧了的现场依旧空阔，陌生
近处马戏团里正在诞生着一些命运

此刻，这座城池星辰高悬，万物虚无
这是一个人的黄昏
多少年来，它就是我的远方
我尚不能确切地说出它的意义和分量
但我依然坚信，这暗潮涌动的大海
内心拥有足够的辽阔与苍茫

在这个五月的夜晚

在这个五月的夜晚
一阵风可能还在路上
一枚花朵可能正满腹心事
而他纵身一跃的梦境
可能比平时看起来更真实一些
在这个五月的夜晚
虚妄之镜耳语，往生之门轻启

暗夜，他用喑哑的歌喉和血
在纸上练习灵魂的飞翔
在这个五月的旷野
一个活着的人可能已经死去
而一个亡者将逝的音容
将再次敲响他虚妄之旅的回声

在这个五月的夜晚
他要把身体中的风尘一粒一粒地卸下来
然后，再把那些发白的月光、微凉的夜露
和肺叶中的一声悲鸣——
借着凌晨时分西天上一颗星子
发出微弱的的光——
把它们一一栽种在
五月暗淡的河面上

七月

七月不远
世界的流火尚在我的身体中燃烧
众神歌颂，至于狂欢
那光中沉睡的人
他把一生都许给了黑暗中枯坐的
风和水
你始终看不清他的面容

此身何处
何处又是归途
能掐会算的仅是这西天的星子
它们涵盖的微光
通向更加遥远的七月

七月呀，世界的尽头西风吹尽
钟声苍茫，辽阔
早已洞穿虚空
而一尊光明的铜鼎
正沸腾着新鲜的魂灵

八月

——给蒲松龄

蝴蝶牵马，西风抬轿
桑树藏有一把上好的玉扇
玉扇轻轻一扇
就扇灭了火红的夏天

八月之夜
蟋蟀浣洗歌声
少女啜饮夜露
葡萄在果园中梦游
月光在屋子里赶着磨刀
你在天下乘凉
顺便构思一首诗歌

安阳，安阳

——赠朱荷

今夜，晚风凭栏，淡月
照临四野，策马向东
今夜，我从宁夏南部山区一座城堡出发
沿内心隐秘的河流
一路向东
马蹄轻拥小小的寂寞
身披红尘
我要去宋朝看望一位水做的女子
安阳，安阳
今夜大河之北必唯美而盛大

她的朱颜深藏尘世的铜鉴
仿佛多年前酒香四溢的月夜
邻人王生把她画给我看——
三月水草绿眉黛
四月水鸟理衣袂
五月春风舞
六月驾着彩云归
——而我，一介穷书生

更愿意把她想成黄昏中的一只白鸽
衣袂飘飘，静美如云

而尘世的风水流转千年
我还在策马向东，万水千山
并沿途打听这个白衣姐妹的下落：
梦游的布衣，晚归的蟋蟀
旷野上假寐的野菊啊

安阳，安阳
你们可曾去过大宋的安阳
你们可知
今夜的每一粒星光都倾向于安阳
水做的心房

九月

大风自远古卷来
吹皱了大地的诗章
吹疼黑暗中的一座铜像

秋天之外
西风挽留一件破败的衫袍
菊香挽留碎落的爱情
残花如梦，照亮沿途的霜痕

是夜，唯一行足印醒着
盛满九月的蹄声
是夜，唯彼岸之月永悬
辽阔而大美的九月

书架

书架上排列着整齐的星辰
仿佛喂养时光的鸟群正在集结
有人收拢翅膀，空坐夜之渊底
有人卧听夜阑
铁马秋风，冰河入梦
有人或许正在增删
永恒之书，注解黑暗之歌
书架上偶尔传来
星群的呼喊与细语
颅内深处那一盏烛火
就使劲地摇曳，使劲地亮着
使劲地沉默，又像在轻声地诉说……

阅读

我看着那些词语时
他们也盯着我看
有些表情坦然
而有些，我明显感觉到
它们内心隐隐的不安
这么说，极有可能
词语一定读出了
此刻我心头的惶恐
我曾因这惶恐而寝食难安

我在 2005 年的坚守

像流星一样
2005 年即将从我黯然的天空滑过
我还在沉默着
内心的岩石刻满了风霜
深埋金黄的风暴和
玫瑰的谎言
2005 年，有谁能轻轻扶起我虚弱的背影
苍鹰依旧展翅高翔
我只身打马穿过这个破落的边城
岁月的风声越来越紧
而我将继续保持沉默
仿佛一把冰凉的匕首
守护着灵魂的锋芒

2007：一支沉默的歌

时光之马一路西行
落日携带家眷，踏碎似水流年
而大地继续倾斜

残照当楼，芒在叹息
歌者身披西风，轻轻擦拭
一柄锈迹斑斑的短剑
他身后的风声更紧了

他依然沉默着
背上的羊皮经卷醒来又睡去
月光洒满旅途
途中的风雪抱紧了岩石

2007，谁能扶起那个虚弱的背影
一尾鹰羽，让一个季节泪流满面
只有那薄薄的衣衫啊
紧紧贴着他瘦小的背影
仿佛要把那沉默的歌声
轻轻地，深深地，摁进风里

虚妄的一天

毫无疑问。
这耳畔呼啸的晚风是真实的
这斜照过来的夕光是真实的
这花瓣安静的飘落是真实的
这野草的微微战栗是真实的
这墙体枯皮的突然剥落是真实的
这云杉群蓄积已久的绿是真实的
这路边炫耀暴力倾向的两块石头是真实的
这喜鹊的叫声里匆匆收网的蜘蛛是真实的
这西风搀扶的身影是真实的
这重复经过的十字路口是真实的
这被关进笼子的老虎的仁慈是真实的

这一天——
疯子装疯卖傻，聋子听见风声
瞎子穿针引线，瘸子翩翩起舞
而哑巴突然发出夜莺的歌声
这一天——
牛羊相安无事，大风吹彻平原
虫豸分道扬镳，野兽推杯换盏
这一天——
平原上的亡者已经走在黄昏

脸色苍白的人还在对着镜子
反复练习脱胎换骨，奢望朝花夕拾

这一天——
空空的天空挤满星辰
遥远的远方悲喜交加
之间。轮回之灯闪烁，警策之鞭高悬
我借一米六五的血肉之躯
写下这卑微而可疑的诗篇

西野的春天

草场就要愤怒
牛群就要愤怒
马厩后面的桃花就要愤怒
只剩下这眼睛里最后一粒沙

打开黑窗户
点亮一盏灯
他向大地的伤口上
狠狠地撒了一把盐

裹紧破棉衣
系紧上个朝代的草绳
翻过一座又一座发霉的寺院
那么多压低的伤口

风和日丽的日子里
这忧郁的蓝色正忧郁着
这坟地周围
百鸟一再压低的孤单的飞翔
正转达着一个春天
深深的，隐隐的不安

突然间月亮升起来

突然间月亮升起来
这些一再让我怀念的
微弱的焰火，即将盛开

穿过子夜的村落
我忧郁的鞋子被十一月的一场大雪掩埋
一生的幸福，从一粒隐秘的花蕾开始
身披如霜的羽翼
因细小而疼痛，因苍白而彻骨

围绕黑暗的颂辞，手提灯笼的人啊
请打开你们干净的草场
让这些纯洁的羔羊遍撒归途
照亮路边的每一株颅骨
沉睡的就让继续沉睡
飞舞的就让继续飞舞

只有盲者的手杖
还在路上狂奔，它的归宿
是不是今生被我们正在出卖着的光明

押运粮草的梦游者之歌

大雨将至，路途
正在丧失，那些守口如瓶的
脚印，已被午后的闪电劫走
目击者面色过于苍白

一场谎言，众鸟认识了他们
孤独的影子，时光之镰
已藏好它锋刃上的伤口
大地上锈迹斑斑，押运粮草的梦游者
背负着这个秋天巨大的阴影
向西，西北偏西

旷野，是谁在西风中清点盘缠
那孤单的孩子将被谁领走并寄养
是谁扶起大地飘摇的烛火
是谁照看子夜失眠的巢穴

大雨将至，钟声密集
灵歌低沉，包括途中紧逼的营寨
包括高地上两块私奔的石头
包括石头旁边一棵哭泣的草

包括那梦见自己复活的鞋子
体内，失散多年的雨水正在集结

……就要丧失了
在这风停不下来的黄昏

春日里做一个捕快

春日里做一个捕快
碌碌无为，虚度人生
随四大名捕重出江湖
捕风。捉影
捉穷乡僻壤的石头里
潜伏的夜雨
也捉落日的琴弦上
晚霞逃逸的歌声
无差可当时，就陪蜜蜂说说话
给抹眼泪的草擦鼻涕
为一朵花优雅地挽发髻
有时也做春秋大梦——
梦见碌碌无为，虚度人生
在天地间养一尾时光青鱼
遇闲云野风。翩翩为鹤
见明明如月。羽化成蝶

学马占祥去春天里

春天到了
是时候学马占祥去野外干几件坏事了

去撒撒野。发发疯。装装逼
去认真地拜访那些久违的草
扣一扣野葵花上太阳的柴扉
陪一群青羊啃食安静的时光
再和山坡上的野鸽子合个影
文艺完了。突然扯开喉咙
对着天空粗糙地吼上几声
落到草里，剪径为盗

哦！春天确是到了
是时候学马占祥干几件坏事了
不惊天地，不泣鬼神
只替一群咋咋呼呼的风虚张声势
和蜻蜓翻越篱笆去偷听两只蝴蝶的耳语
为野蜂帝国刺探花朵里蜜汁的情报
奉有司之令捉拿一群逃离衙门的刀笔小吏
顺道截断一只蚂蚁仓皇的去路
抽空参加一群麻雀的五周年同窗聚会
拆散一对是一对

末了。良心发现，就装模作样干几件好事
为两朵犯心事的野云苦口婆心地铺路搭桥
义务打捞河谷里晚霞不慎遗落的面纱
毫不犹豫地扶起旷野上一棵年迈的树
装作好人，不留姓名，不怕被讹
装得跟好人一样

屋顶上的花园

遥远的星辰，水仙的倒影
黄昏的尽头永无止境的大海
无限旋转的楼梯。令人眩晕的
寺庙。无声的泉眼悬于苍穹

倦游者肩挑一担时光
返回陈旧的人间
抱残守缺的人，还在空守长夜
像守着一座花园苦等灵魂出窍

当众人熟睡，枯坐屋顶的人
生来怀旧的园丁
顺手取下挂在身体里的乐器
轻轻奏出了月亮的心跳
花丛中失眠的笛音，和梦之旅程
一座铜钟的律令

卷四

人间苍茫

青鸟

妈妈，我感觉冷，这个冬天
天空里那么多迷途的鞋子
只有我守着这辆破单车
神说：交给翅膀吧
这太沉重的大地的翅膀

昨夜，月亮呼啸着来到我的窗前
夹杂一场黑雪，从天堂到墓地
妈妈，你听黄金的斧子已经趟过
冰凉的湖水，密林深处
你听见了吗，她们在叹息
担架上的那二十七盏菊花

腰里别着令牌的北风
那把自己放在刀口上的北风
已经启程，当着十万座山冈
当着十万驾马车焚烧的夜晚

妈妈，在一场发疯的大雪突然停住之前
那个春天，那些狂奔的白马
仍不能驮走你悲伤的梦
而多年之后，一次苍白的闪电
早已失声说出了一座城堡的黯然

歌者

你用秋雷点燃一片
圣火，燎原之火
黄昏，你用歌声清洗
大海和草原

众鸟高飞的春天，你转过身去
背负火焰，你合上了时光之书
孤飞的鹰合上了命运

以骨为笛，是谁
用咯血的回声
照亮了人世的每一寸光阴
每一个夜行者的旅程

八月之城

除了需要借助一双月光银靴
一匹时光雕刻的白马
需要回首时的一声叹息
临镜时的一缕华发，需要这个夜晚
存放灰烬和余温，需要一场大雪再度迷途
需要一场夜雨
再次失声痛哭

亲爱的，这个八月，从一座州府到
另一座州府，从一颗星斗到
另一颗星斗，从一种孤独到
另一种孤独，从高贵的肉体
到世俗的灵魂，还需要你看着我
说出那一个字
才能让这座冰冷孤独而又破败不堪的小城
瞬间复活

不可言说

穷乡僻壤的星辰身世不可言说
草尖上滚过的雷霆暴虐的倾向不可言说
速朽的肉体困惑不可言说
语词炸裂的深渊不可言说
虚妄之火偏执的嗓音不可言说
口若悬河之势能不可言说
陈词滥调之风向不可言说
井蛙填海不可言说
虫豸凿冰不可言说
哦！你看，那嘴唇木节一样沉默
而喉舌手握意义的刀斧
欲劫填海凿冰，半壁余生之我

怅惘（二首）

之一

寂静和旷远重返那一片密林
那一处他曾无数次抵达和
离开的地方
他到来时白杨林哗哗作响
当他转过身去，白杨林静默不语
穿过白杨林，是一片低低的山坡
山坡上埋着提前老去的人
他曾有一次到过那里
那时繁星漫天，寂静的山谷里
溪声回荡，风吹四野
仿佛在轻声诉说着什么
梦中的山坡上野花一片
迷离又芬芳
仿佛少年自身的旧病
与孤绝的怅惘

之二

漫天的繁星闪烁着
倦游者的故乡
每一粒星光就是一座
遥远的村庄，夜风仍在吹拂
在这不为人知的秋夜
一列火车正从远方缓缓驶来
穿过大雾弥漫的月光城堡
它将在子夜时分准时送来
夜露的微凉，夜莺的心跳
和少女最初的，甜蜜的怅惘

遗忘

我会把你遗忘
像遗忘我前世的仇人

我看见你了
四月，你在我心上出生
你是我今生的眼睛

我甚至会找个适当的借口
把你遗忘
像遗忘我前世的爱人

然后——
人世寒冷，夜晚漫长
我会把你的影子缝成衣衫
夜夜穿在心上

关于忧郁

你的眼前是一面枯坐的镜子
现在，你们都在忧郁着
镜子有镜子的忧郁
你有你的
现在，这相关的忧郁
看起来是那么的深，那么的美
一如眉间寂静的大海

风之十四行

亲爱的，我要告诉你
这是这个春天里刮的第一场风
一粒傻乎乎的沙子一不小心
闯进了我朝南眺望的眼睛

亲爱的，再过几天
这一场疯狂的大风
穿过我的骨头的大风
就会穿越大海的旅途
穿过你暗香浮动的花园
抵临你幽雅而芬芳的梦境

你瞧它，亲爱的
我所说的这一场大风
它多像一根幸福的绳索
要把我们紧紧捆绑

八月散记

我又一次路过这里
这里的每一个陌生人我都那么熟悉

我路过时，秋风又起
冰凉的秋风吹过这座小镇的每一个角落
头顶上仅存一枚叶子
它的枯黄似乎又加深了一点
而那个修车老人
眼前摆满了自己身上拆下的零件

正午已过，我路过这里
右手牵着去年七岁的女儿
我的左手哪儿去了或者也被人牵着吧
这些都不重要了
我路过这里的最终目的
是要在离开之前，再路过这里一次
踩着去日那些陌生的履痕
留下来生不为人知的消息

坟

有时候，在城里我会梦见
一盏灯，亮在雪地里

有时候，走在野外
突然会有一阵风
一把将我揪住
而当我回过头去
四野空空

有时候，我想
这也是我的城，黑漆漆的城
空无一人，寂静的城
在野外

亲爱的，终有一天我也会变成一盏
雪地里的灯
多年以后，亲爱的
你一定要来点亮我的城啊

不确定的七行

有一天，他将出门远游
这个人世，或许可以替他写下
虚无的绝境里
那无人知晓的秘密
锈迹斑斑的病历
大地上可疑的踪迹
和他漏洞百出的回忆……

想念远方

南方的火烛照耀北方的大雪
夜晚如此寂静
许多时候我就这样
一个人在屋中独坐，偶尔想想
远方，一些细小事物泛着幽暗的光
墙壁上的相框涌动着光阴的暗潮

该和谁去交谈
交出自己的前世与今生
或者梦呓，用夜旅者的脚步声
折叠一双翅膀，朝向大海

沿着时光细小的甬道
你芬芳的呼吸把我从梦中轻轻唤醒
而你已然
翻身上马

我且彻夜寂坐
想念远方

这个傍晚

亲爱的，这个傍晚，我多么需要
安静下来，需要四处走一走
或者静静地坐坐
暮色中的贺兰山依旧苍茫，辽远
白杨低语，一只麻雀紧随另一只
穿过空阔的六月

这是六月的黄昏
我需要安静下来，我是如此地渴望
一个虚拟的巢穴
就像一棵小草的脉管里
涌动着闪电的风暴
亲爱的，现在我就坐在自己旁边
反复擦拭它，直到
华灯初照，七枚星子迅速西移
仿佛我们形成某种呼应

亲爱的，现在我只想告诉你——
这是众多傍晚中的另一个
我已按时下班，弄出声响
他们四处游荡，随机现身天堂

早春之夜

当我写下芬芳，陈旧的春天
便在一场修辞的细雨中
渐次醒来，早春之夜
庭院中的月光碎落一地
前世的铜鉴打开她病中的容颜

这是早春之夜，山坡上的桃花
依然怒放，她均匀的呼吸
拒绝了人世的苦难
人啊，请记住这早春之夜
明月为证，请记住一个流浪者在今夜的泪流满面

他的忧伤源自幸福
源自一声叹息，一缕炊烟，一条河流以及
梦中的一场蒙蒙细雨
多年之后，他会再度回到这个夜晚
（这里曾寄存着他少年的忧伤和
苍老的时光）
而他骑过的马，他心爱的女人
如今，他们乘着风消失在另一阵风里了
他们都去了遥远的地方

多年之后，早春之夜
当我写下这些冰凉的诗行
窗前，她如水的目光
那一轮从前的明月
正把他深深凝望

最后将剩下

剩下山，剩下水
剩下山水喂养的这副臭皮囊
剩下爱，剩下恨
剩下爱恨交织的沉沦和毁灭
天地间只剩一颗心了
从过去守着现在
从现在守着未来
其他的都交给遗忘之风吧
让它一页一页地吹走
往世那些
再也不能清算的账簿

甲午除夕有感

在这个炮声隆隆的午夜
我还在负隅顽抗
是的，弹将尽，粮已绝
青春正在大面积溃逃
一小撮面目狰狞的白发在密谋
我甚至听得见那些光阴倒塌
发出的巨大轰鸣
他们又向前压进了一步
而我，我必须守住
这最后的阵地，这仅剩的一寸
日渐枯萎的灵魂和
刀刃上狂舞的命运

再一次写下怀念

我再一次写下怀念
写下那些深陷黄昏的事物
天空中的飞鸟
墙角的枯藤，悬崖边将逝的蔓草
还有那些陌生的爱
熟悉的恨。无缘无故的聚
和命中注定的离

此刻，当我一一打量它们
我爱着的人又老去了一点
他们有一些已深埋土里
而另一些，他们日渐倾斜的
身子，忽然就被一阵风
吹得没有了踪影

这是又一个重复着的夜晚
苍老如期来临
我还在醒着
在苍茫的世间
紧握手中病笔
暗夜深不可测
西风渐起，而细雨
恍若前世一般迷离

你顺手递来一片叶子

如此清晰可见
发黄的脉络包裹着一粒光阴之血
像昔日重来的爱
容颜恍惚。身影修长
漫游在时光的掌上
不期而遇的河边
世人在前生之树下话凉
而你伸手递来繁华梦境
一如往生灿然的光影
不经意间摇醒了
我内心那一盏几近熄灭的青灯

少女坐在灯上

大雨之夜，回乡的花朵
照亮了人间的路途，倦游者
像一根孤单的银针一样
穿过破碎而暗淡的城堡
少女坐在灯上
坐在他生锈的心上

人啊，它多么孤独，寒冷
纷乱的翎羽横穿人世的雨水
大雨之夜，他驾着马车
一路狂奔，在归乡的途中

现在我看见：
他朝我奔来，黑暗中的盲眼舞者
他高举带血的焰束
像一个隐秘的词语，就要把我淹没
而钟声早已响起，琴声哑然

少女啊，你坐在灯上
沉睡在他咯血的叹息上面
而他已然滑落
笨拙而迟缓的叹息
惊醒了途中相拥而眠的两只花环

在泰山顶上想起你

大地干净而辽远
天空蓝得发亮
这是十月的秋晨
背着故乡，我来到故乡
石头的故乡，安放
古典之梦，隔世之旅

高高的云朵之上
你是一卷刚刚醒来的诗经
一如大海初次绽放
我被一阵风吹到了山巅
风吹着，吹着……
就吹黄了前世的容颜

跟随这一缕风
这一缕心湖泛起的微风
顺着她指给我的方向
有人默然静立
她们，为了今生你的回眸
早已做好了动人的铺垫

关于孤独

我转过身时
她在醒着
这个长发飘飘的女子
命中注定，是我一生的大雨和旧病

被从头淋到脚，被穷追不舍
被侵入膏肓，被无药可施

在一叶叫做岁月的小舟上颠沛流离
我从梦中转过身来
她正紧紧地盯着我
像个浪迹多年的江湖郎中
提着一盏遥远而又迷离的渔火

写给妻子

一

这个曾经被一阵风刮跑过女人
也曾吞下过一场风暴，吐出过
两条长河。现在
她做出了一个重要的决定

就一双袜子两把勺子的材质与价格
她将与这个商贩展开一场激烈的辩论
他们反复交换意见，多次比较舌头长短
但就某些更为重要的问题而言
他们尚未达成新的共识
忽然，一阵狂风吹来
紧接着，又一阵吹来
直吹得那重利之人摇摇晃晃，睁不开眼
再有一口气
他将变成另一阵风

是的。一定是她干的
一定是那个风曾经刮跑过的
我的女人啊。但诸位一定要宽恕她

为了生活，她不得不制造了这场袖珍风暴
作为补偿，我将告诉你们一个惊天秘密——
这个十年前我一路狂奔，背上四楼的女人
其实是一个会巫术的女佣

二

此刻，这女佣正在梦呓
喃喃自语，念念有词
曾经青面獠牙
如今吐气若兰

同床共枕，结发十年
十年来我热爱物质
偶尔也假装斯文
有时难免孤独，有时渴望庸俗

十年来，我精心制造了许多缺钙的文字
抽空在生活的夹缝中讴歌生活
有时崇拜乖戾无常的动词
有时跟在花枝招展的名词后面，屁颠屁颠
更多的时候，与形容词、副词混在一起
夸夸其谈，感喟人生
却不曾为这个女佣写过哪怕一句诗

现在，这可恶的女佣早已安然睡去
我的脑海中终于冒出一句：

啊！你多像一首小诗
在我多年前的日记本里假寐
那么好看，又那么忧郁

安心睡吧，我可恶的女佣
现在，我要再一次动用那些具体的
准确的，生动的总之看上去很美的修辞
我将使尽浑身解数
让你梦一般的幻境再虚幻一些
让你甜蜜的微笑再甜蜜一些
我将力争说服黎明，让它迟点到来

三

·

许多年后
我们安静地长眠地下
那时，你的法术已经失灵
我的双耳也生出厚厚的老茧
而大街上依旧人潮如流
偶尔，我会想起从前那些美丽的争吵
你花朵一样的叹息
留在器皿上的印迹
刀子一般的诅咒
还有我们共同的按揭利息
我曾与你携手商品社会
逛街，购物
挥霍青春，透支光阴

那时，世间人海茫茫
一定会有人重复我们的故事
人来人往的长街尽头
有一个人在慢慢地走着，不停地走着
逆着人间的风，突然泪水就涌上了心头
——他终于从那么多的人群中认出了
那个被一阵风刮跑了的身影
而等她终于转过身来
却才看清，那竟是一张陌生的面孔

怀念外婆

那一双小脚终于抵挡不住
秋风的肆虐，仿佛命运的枝头上
仅剩的两片残叶
此刻，它们仿佛还在我无力的
抒情与叙述中瑟瑟发抖
多年前的那一场夜雨依然在下
寒气彻骨，雨声迷离
是的，那个雨夜她一定是在提前
练习走失。隔着雨声
她一定听见了我们绝望的呼唤
而她却绝情到一声不吭
而现在，她竟终于
从我们的生活和眼泪中
最后一次成功地逃离
不曾留下一丝痕迹

说说一个人的一生

必要说出九月
说出黄昏中静默的一棵树
说起那一阵轻轻拂过山冈的风
说起打湿了寒夜的一串蹄音
说出那一串蹄音
必要说出一个人
哦，终于要说到那个人了
你看——

现在，他正在把一生的光阴
从肩头卸下来，轻轻地吹了吹灰尘
皱巴巴地，像一张被使用过无数次的毛钞
它明显有些泛黄，已经现出不少裂痕
就着人世的月色，背靠西风
就在那渐行渐远的蹄声中
他把它摊开
摊成旷野之上一片辽远的天空
像摊开前世的一个梦

然后，他小心地取出那些珍藏了一生的
泪水，芬芳，孤独
还有一个陌生女人的芳名

他把它们一一绣上去
中天寒光闪闪，子夜星斗西沉
东方已白，他已疲倦至极，遂永久睡去
人啊，你看——

他多像一棵树
那喧嚣了一生的荣光与幻影早已落尽
而他深爱着每一个瞬间
却在一一复活着
一个少年追逐了一世的
那些青涩的宿命

自我画像

一个不合时宜的人
一个容易怀旧的人
一个执着的人
我的执着源于我对这个世界的
眷恋和痴迷
在我灵魂的深处
穿梭着两种近于发霉的气息：
慵懒和绝望
每一天，时光冰凉的利刃
令人不寒而栗，不知所措
但我的内心依然充满了奢望与幻想
如果愿意回头的话
沿着飞舞的尘土
你一定能准确地感觉到
我黯然而散乱的目光
像一根孤单的银针
沿着时光泛黄的底片
愿我的词语能够缝合你
碎裂而忧郁的心灵

和三岁的女儿一起做游戏

我三岁的女儿最爱玩一种游戏
每次，她都要我先把自己藏起来
藏得严严实实
藏成暗中的贼
藏在她的阳台，门后，床下
我三岁的女儿最爱这种游戏
是的，这故事开端总是如你所知
而结局想必你也早就猜出

然后，她就把我从
阳台上，门后面，床下面
一一地揪出来
像揪出一条虫子一样
这只小鸡因过度兴奋而略微颤抖

有一次，我忽然改变主意
我要藏在一个她找不到的地方
结果，她一个人站在房间
起初是大声地喊爸爸，紧接着就
号啕大哭
我听见，我的确听见了

空荡荡的房子里空荡荡的
除了孩子悲伤的哭泣

孩子啊，这一天你找遍
世上的每一个角落
却不曾找到爸爸的踪迹
但你，孩子你一定要擦干眼泪
忍住悲戚
因为——
爸爸一刻也不曾远去
爸爸只是暂时被人藏起
藏在这个世界的窗帘后面
小小的盒子里

亲爱的，今夜我们和衣而眠

——献给 C

亲爱的，今夜我们和衣而眠
而风声渐远
花园熟睡
大雨燃烧
今夜，亲爱的，我们在这个寂静的人间
和衣而眠
像两个世界两张桌子上两只高脚杯
盛满了干净的怀念
和祈祷的火焰

肯定与否定

——怀念堂兄

那早已说出的，是秘语
那说不出的，是四月
暗夜和幻灭

那天空下疯长的
不只是草，那草尖上悬着的
不只是命，那命里包裹的
却是利刃，那利刃上行走的
竟是你孤单的肉身

这个五月，我试图用铁打的柔肠
用陈词滥调，世俗的怀念
我甚至动用了万钧雷霆
肯定那些和你有关的阵痛和战栗
而你，竟用那一声闪电的叹息
就决然否定了你自己
和我所有的肯定

2011年5月10日纪事

——怀念兄长

农历辛卯年四月初八
此日永在
有人离家
至今未归

子夜，黑暗将更黑更暗
隔世的风暴永不停歇

——是夜
有人掌灯翻看线装命运
有人整理前生
有人擦拭星辰

白马向西，以泪洗面

四月，一座城池高悬大海

那一夜月色遥看
有如城池高悬
那一夜，我骑时光之马
从一座州府启程
携残梦半卷，过暮春四月
寻找另一座州府深埋大海的
前世今生。而人世静寂依旧
沿途暗香幽梦
仿佛大雪执意纷飞
整个四月，我空守乱红点点
像一只倦游的词语
怀抱丁香归途无期
迷失在四月的渡口

起风了。时光的另一端
大海就开始轻声歌唱，唱四月旧州
唱寂寞孤旅——
起风了！一朵浮云正轻提水的裙裾
款款涉过月亮之河
仿佛海底那座哑口多年的城池
传来急切的，隐隐的呼喊

镜中的囚徒

这时有人掏出火柴
只在天空轻轻擦了一下……
路途依然暗淡，漫长
雨，依然在下

时光的另一端
谁在击打一块石头
火光微弱
苍穹隐约
——那梦中的牢狱

一声咳嗽
他终于咳出了喉咙里
带血的雷。忽然一闪
镜中霎时现出逃亡者的脸

失传多年的月光再次光临人间

今夜，失传多年的月光
将再次光临人间
骑着老虎的人将放虎归山
永世为好
那大海的心里翻滚的浪涛之恨
将渐渐平息，风暴的兽群将堕入
万劫不复之深渊
然后，一轮明月缓缓升起
仿佛神灵心疼地看着我们
疲倦的我们
断了骨头连着筋的我们

跋：不忘初心

前些日子得知杨梓老师负责的宁夏诗歌学会要出版“宁夏诗歌学会”丛书第二辑，就有了出部小集的想法。说句内心话，当时很是纠结了一番。对于诗，虽然热爱，但多年来始终未能窥其真容，得其真谛，一直在门外徘徊。于是就经常开导自己，就当写着玩吧，不要太当真了。时光就这么一天一天地消逝着。这期间，我养家糊口，忝为人师，误人子弟。年岁与日俱增，暮气一天天地吞噬着青春与激情。2012 年调到银川后，干了文秘，成天和公文材料搅在一起，感觉更是愚钝，加之天性懒惰，有三年多的时间，竟然没有写出一首像样的作品来。只觉得整天里急匆匆地行尸走肉着，像撞钟的小和尚一样，仿佛陷入了命运的漩涡与生活的沼泽，愈陷愈深，却又无力自救。

2015 年 6 月的一天，杨梓老师打来电话，通知让我参加宁夏文学艺术院举办的诗歌研修班。接到电话的那一刻，我彻底崩溃了，热泪瞬间就涌了出来。一颗心长久地幽闭孤岛，几近哑然失声。然而，就是那一刻，那熟悉的声音，仿佛救命稻草一般，瞬间又点燃了深埋心底的那一份挚爱。才发现，历经世事的铁石心肠，竟然就这样被诗的银针轻易地刺痛了。

才发现，诗原来早已深深地扎根我的生命，成了灵魂的倒刺，再也挑拨不出。

遂想起许多年前醉卧西吉街头的那个夜晚，杨梓、单永珍等诸师友的宽慰犹在耳边回荡。想起 2008 年，仿佛命中注定一般，一个叫张联的诗人从西吉县的一座汽车站里径直走出，就走进了我诗意的生活。想起上大学的那些年，我和马占祥每月轮流在街头报刊亭买《星星》诗刊，几乎从未间断，直到大学毕业各奔东西。想起我们与樊永学一起写诗作文、纵酒买醉、挥霍青春的那些生生的光景。想起高中诗友王承君，他曾亲手制造了那些光影纷飞的句子，那些句子第一次映亮了一个少年 16 岁的天空。想起我和韩雏阳、王雪莲、高玉松、冯良斌等一伙同学为了办一份叫《雏羽报》的油印文学小报，怎样与班主任进行不屈不挠的斗争。

更久远的时光停驻在 1991 年一座小城的某个下午。教室里正在上科学人生观，老师讲得嘴角白沫飞溅，我却对着窗外迫近西山的落日愣愣地出神。那个下午的夕阳看上去是那么美，一种瑰丽中透着几分神秘的美。那个下午，我鬼使神差写下了生平的第一首小诗——《燃烧的太阳》。我的印象那么深。我把它写在了课本字里行间的空白处，随后略作修改誊抄在笔记本上。多年后翻看从前的日记，它就像一枚白杨树叶标本，静静地夹在层层发黄的往事中间。

一切的一切，仿佛宿命一般神奇。诗的种子就这样破土萌芽，就在那个下午，一个少年怀揣诗之梦，开始了他漫长的旅程。这梦更准确地说，其实是那个纯真年代的枝丫上结出的一颗如玉一般的诗心，温润澄澈，晶莹剔透。

回望来路，感慨良多。现在想来，在这条漫长而艰难的道路上，荫蔽与护佑这颗诗心的，除了自己的喜爱与坚持，更多的其实都是老师、朋友和家人的关心、帮助与支持。永远都忘不了李世强、周彦虎等老师的教诲与引导，永远都忘不了杨梓、王怀凌、单永珍、杨建虎等师友的赏识与激励。在这个精神与灵魂日益萎缩的时代，他们还在诗歌的阵地上摇旗呐喊，坚守着灵魂的清洁与高贵。

此刻，我又想起了另一些伟大的名字，如璀璨的星辰一样，在我头顶的天穹闪烁。于我而言，他们是神在人间的代言人，是诗的良知与善念，更是我永远不能也不敢忘却的初心。想到此处，于是就有了一些勇气，决定把自己手头上这些年来积攒的一些习作做了整理，又细细打磨了一番，好让这些久未见光的文字从黑暗的地下室里走出来，走到太阳的温暖与滋养里去。借此机缘了却自己多年夙愿，也给一直以来默默支持我、时时警策我的善解人意的妻子一个交代。更为重要的是，给寄予厚望我的老师们、朋友们有个交代——虽然我是那么的心虚与惭愧。

最后向你们致敬，以诗的名义！

2016 年 5 月 1 日于银川